黄河

传说故事

浙江文艺出版社
Zhejiang Literature & Art Publishing House

山海经民间故事系列编委会·主编

陈菲菲·绘

图书在版编目(CIP)数据

黄河传说故事 / 山海经民间故事系列编委会主编 .
—杭州：浙江文艺出版社，2023.10
（山海经民间故事系列）
ISBN 978 – 7 – 5339 – 7349 – 0

Ⅰ. ①黄…　Ⅱ. ①山…　Ⅲ. ①民间故事 – 作品集 – 中
国　Ⅳ. ①I277.3

中国国家版本馆 CIP 数据核字（2023）第 165112 号

图书策划	柳明晔	封面设计	✗ TT Studio 谈天	
责任编辑	关俊红	版式设计	四喜丸子	
内文插图	陈菲菲	营销编辑	宋佳音	
责任印制	张丽敏	数字编辑	姜梦冉　诸婧琦	

黄河传说故事

山海经民间故事系列编委会　主编

出版发行	浙江文艺出版社
地　　址	杭州市体育场路 347 号
邮　　编	310006
电　　话	0571-85176953（总编办）
	0571-85152727（市场部）
制　　版	浙江新华图文制作有限公司
印　　刷	浙江海虹彩色印务有限公司
开　　本	787 毫米×1092 毫米　1/16
字　　数	79 千字
印　　张	9.25
插　　页	4
版　　次	2023 年 10 月第 1 版
印　　次	2023 年 10 月第 1 次印刷
书　　号	ISBN 978-7-5339-7349-0
定　　价	78.00 元

献给所有对世界充满好奇心的人

P48 河堤绕着郭家坟

P52 昭君入河套

P61 君子渡

P67 娘娘滩和太子滩

P71 大禹开龙门

P77 蛮龙归正

P83 九嶷岩里流黄河

P89 巨灵掰山引黄河

P93 秦公子过马桥

P97 三门峡

P100 白鱼入舟

P105 刘统勋探奸堵口

P111 花园口

P114 李月行船

P118 八里越石坝

P122 王贲决堤

P127 许三本赌头封堤

P133 韦刺史射退河神

P138 合堤之宴

黄河的来历

　　相传几万年前，人们还过着披树叶、吃野果的生活。好些人同住在一起，没有房子，只在树上搭个窝。那时候，还不知道种地，人们整天东奔西走，打猎捕鱼过日子。

　　后来，不知从什么地方飞来了一只大鸟，落下来像座山，光腿就有一二十丈高，飞起来翅膀一展，像阴了天。老虎、豹子、大象、蛇它都吃，找不到野兽就吃人。

　　自从来了这只大鸟，人们就不能安生了，老是搬来搬去躲大

鸟。大鸟越来越凶，天天伤人。

又过了好多好多年，人们学会了钻木取火。这一天，大家围着火堆在烤野兽吃，一阵天阴，大鸟飞来了。人们一惊，知道又要遭殃了。谁知大鸟看见火，一抖身，慌里慌张飞走了。人们发现大鸟怕火。

这一来，有办法了，人们决心赶跑这只大鸟。于是聚集了好多人，点起火把追赶。大鸟见眼前成了火海，吓得飞起就跑。

人们紧紧追赶，越追越近，大鸟翅膀用劲一扇，呼的一阵狂风，飞沙走石，火被刮灭了。大鸟一阵高兴，又吃了许多人。

人们吃了一次亏，就又想了一个办法，找来许多红颜色的东西，顶在头上，远远一看，像是火，来吓唬大鸟。

大鸟使劲扇着翅膀，"火"刮不灭，它害怕了，就没命地飞跑。人们喊着追着，从高山到海边，从海边到中原，不知追赶了多少天，把大鸟累坏了。

这天，大鸟飞到现在的青海境内，实在飞不动了，落下来喘喘气，可人们一下就追了上来。

大鸟一展翅膀，浑身酸疼，飞不起来了。眼看就要被人捉住，大鸟急忙下了个蛋，那蛋见风就大，顷刻像山一样，挡住了人们的去路。

人们拿来斧子、凿子、锤子，叮叮当当凿鸟蛋，三天三夜没有停手，鸟蛋终于裂了缝。大鸟又气又累又怕，一伸腿就死了。大鸟伸腿死的时候，蹬住了鸟蛋，这边人们又正下死命凿打，两边一用力，只听一声惊天动地的巨响，鸟蛋崩开了。

大鸟的蛋一崩，蛋清哗地流出来，向西滚滚而去，接着涌出蛋黄，向东流去。向西流去的蛋清成了青海，向东流去的蛋黄就成了黄河。

黄河与白河

很早的时候，有一对穷夫妻，四海漂泊，到处为家。

这一年，两口子到了青海，生下一个男孩，起名"黄河"。黄河三岁时，母亲又生了个弟弟，起名"白河"。

本来就穷得叮当响，又添了两个孩子，日子就更苦了。夫妻两个看着在青海过不下去了，就打算到四川去混日子。他们实在养不活两个孩子，就把黄河给了一位老妈妈收养，带着白河，三口人讨饭到了四川。

在四川一晃就是十几年。白河十五岁那年，父母先后去世。母亲咽气时告诉白河说：

"你有个哥哥，

叫黄河，

在青海。你要去找他。"白河就变卖了几件破旧东西，凑了几个钱，奔上通向青海的路，去找哥哥黄河。

黄河在老妈妈的教养下，成了个勤劳忠厚的小伙子。老妈妈离开人间时，告诉黄河说："你的亲生父母和一个叫白河的弟弟在四川。听说老人都不在了，你要找回弟弟。"

黄河怕弟弟在外受人欺负，就决定去四川找回弟弟。

兄弟两个，一个从北向南，一个自南往北；一个要找哥，一个要寻弟。走呀，走呀，汗水洒了一路。

白河翻了九架山，再也走不动了。他在地上爬呀，爬呀，山石磨破了胳膊，磨烂了腿，疼得汗水哗啦啦流。他最终没劲了，轻轻喊着"哥哥"断了气。

白河的心刚停止跳动，突然一阵电闪雷鸣，白河化成了一条小河，汇着汗水汩汩向北流去。人们叫这条河为"白河"。

黄河翻了十九架山，又饥又困。他躺在地上，想念孤单单的弟弟，想着想着眼里流出了泪水。他支持不了了，喊了声"弟弟"，合上了眼。

突然，天昏地暗，黄河变成一条大河，汇着泪水哗哗向南流去。人们叫这条河为"黄河"。

白河与黄河日夜奔流，终于在四川和青海交界的唐克见了面，又继续向东奔流。从此，两兄弟变成的黄河与白河，再也没有分离过。

鲧死禹生

远古时候，在苍苍莽莽的中原大地上，洪水浩浩荡荡。水连天，天连水，那全是黄河泛滥造的孽啊！

人说"黄河之水天上来"，可不！它来势猛，去势凶，淹了山，没了田，毁了村，氽（tǔn）了房。人们有的被冲走、淹死；有的逃上高山，避居洞穴；有的爬上大树，暂时栖身；有的离乡背井，流落他方。天冷了，饥寒交迫；天热了，疫病流行。人们大批死亡！

洪水害苦了天下百姓，百姓在尧帝面前推举崇伯鲧（gǔn）来治理洪水。尧帝一时拿不定主意，百姓一再推举，尧帝也就应允了。

崇伯鲧治了九年洪水，东堵一道坝，西筑一道堤，到头来堤毁坝坍，还是制伏不了洪水。天下百姓，叫苦连天。崇伯鲧也很焦急苦恼。

尧帝下令征求贤德之人，百姓又推举了舜。舜亲自驾着马车，四出巡视，考察民情，抚慰百姓。舜看到鲧治水没有功效，就把鲧杀死在东海边的羽山顶上。

鲧倒在羽山上，羽山震动了，发出隆隆的声响，惊动了背负大地的鳌（áo）鱼。鳌鱼微微地打了个颤。由于这一颤，海啸了，啸声直冲天上，霎时间，疾风暴雨，一齐发作。那倾盆大雨，一连下了九天九夜。神州大地，又添了一场新的灾难。

洪水把羽山淹了大半，起伏不息的波浪，在羽山四周哗啦哗

啦地拍打着，铺絮堆雪，喷珠吐玉……从此，羽山成了个浪花围环的小岛。

月亮圆了三十六回，大地上的洪水才退去。水退去的地方，泥浆遍地，寸草不生。可是洪水淹不着的羽山顶，绿茵茵的草丛，茂密一片，远远望去，像是一顶翡翠做的王冠，映衬着蓝天白云，煞是好看。

一天，有个叫豹胆牧童的，骑着水牛，来到羽山脚下。水牛背上，放着一张豹皮作鞍垫，那是他从打死的一只金钱豹身上剥下来的。

豹胆牧童一边唱着歌，一边慢慢地登上了羽山。一则，他要让水牛去美餐一顿鲜草；二则，他想去看看有名的崇伯鲧身死的地方。当他来到那里仔细一看，啊，真美啊！山上绿草茂茂密密的，还间杂着五彩缤纷的花朵朵。花丛间，蜜蜂在来回采蜜，蝴蝶在翩跹（xiān）飞舞。微风中，芳香阵阵袭来，使人陶醉。

豹胆牧童上前几步，发现花丛深处，仰天躺着个身首异处的尸体。豹胆牧童心想，这准定是鲧的尸体了。怪呀，为什么死了三年，尸体还不腐烂呢？是不是鲧的心还没有死呢？是不是神仙在佑护着他呢？

更奇怪的是，这尸体的肚子是鼓鼓的，好像孕妇快生产了。豹胆牧童又寻思开了：是不是鲧气得肚子胀了起来？可不，治不成水，那不是有意的呀，这治洪水的事谁试过呢？为什么要杀头呀？鲧气得有理！

豹胆牧童想着想着，不觉入了神，竟对鲧的尸体动问起来："崇伯鲧呀，你气不气？"

鲧的尸体没有回音。

"崇伯鲧呀，你恨不恨？"

鲧的尸体没有动静。

"崇伯鲧呀，你能不能开开声？"

突然，隐隐地，鲧尸体的腹部发出了话音："父已逝，子要生！"

豹胆牧童惊异地问："你是谁？"

"我是崇伯鲧的儿子。"

"你想干什么？"

"我想出世来。"

"出世干什么？"

"出世治洪水。"

豹胆牧童又问："你为什么不早点儿出世？"

"我要等月亮圆过三十六回才出世。"

"圆过几回啦？"

"圆过三十六回啦！"

"那你为什么不出世呀？"

"我要见刀出世，落地成人！"

"你要我帮忙吗？"

"要，请在我父亲的腹上轻轻地剟一刀！"

豹胆牧童从腰间的刀架上抽出柴刀，在石头上磨了几下，就在鲧尸的腹上轻轻一剐。

这时，一个妇女气喘吁吁地手提裙子跑上山来。一见鲧尸腹部刚被剖开，她张开双臂，哭着喊着扑了上去。

就在这天巧地合的一刹那，噗的一声，一个白白胖胖的男孩，从鲧腹中蹦了出来，又恰好蹦进了那妇女的怀中。那妇女慈怜地抱着孩子，看着鲧的尸体，一时间呆呆地讲不出半句话来。可这小男孩却漾起了满脸的笑容，开了声："母亲，我的好母亲！"

那妇女如梦初醒，问道："孩子，你真是我的儿子？"

男孩点点头，粲然一笑，露出了雪雪白、齐崭崭的小牙齿。——瞧，这孩子长得有多齐俊哪！

那妇女是谁呢？她是鲧的妻子脩（xiū）己娘娘呀！

"母亲，我是父亲一生心血化育出来的。我要继承父亲的事业——治水！"

脩己说："你是个孩子，怎么会治水？"

"父亲说，他吃了只知堵的亏。以后治水，要和他反一反。"

脩己说："开比堵好，不过该堵的地方还是得堵一堵。"

"母亲讲得对！"

"好吧，等你长大了，你就继承他的事业，也治水去吧！"

"我马上就长大啦！"

说罢，孩子便从脩己的怀中挣脱出来，跳到地上。真神奇啊！他那双红活圆实的小脚刚一着地，他就立即变成了一个英俊威武的小伙子。

小伙子举起双手大声呼喊："天地啊，山川啊，生灵啊！我是鲧的儿子禹，我要继承父亲的遗志，治好天下的洪水！"

禹的呼喊声，像隆隆的春雷，在天地山川间回响着，震荡着。

豹胆牧童高兴极了，便从牛背上扯下那块当鞍垫的金钱豹皮给禹围了身子。

禹说："谢谢你啦，你既大胆又聪明，外加天生一副好心肠！天下最暴躁的牛，在你的手下都会变得温驯听话的。"

脩己又是惊奇，又是高兴，但眼睛一触及丈夫的尸体，她又扑倒在尸体上放声大哭起来，点点眼泪，从鲧的尸体上流淌到地上。猛然间，霹雳一声，金光闪耀，鲧的尸体变成了一条黄龙，趁势向羽山下的深渊中游去。

脩己见丈夫的尸体变成了黄龙，猜不透是吉是凶，不觉又痛哭起来。

豹胆牧童劝慰说："崇伯鲧成龙了！儿子又这么大了！这真是

双喜临门啊！"

　　脩己一听，转悲为喜，扶着孩子，慢慢地走下山去。

　　这时候，天上同时出现了七条彩虹，诸神一齐祝贺治水大帝的诞生。

　　牧童笑了。

　　脩己笑了。

　　大禹也笑了。

李靖探河源

黄河河源到底在哪里？这是很多年都没有搞清楚的事。

为了探查清楚黄河源头，不少人冒着生命危险，历尽艰辛。怎奈这一带气候异常，地形复杂，野兽出没，荒无人烟，谁也没有找到。

传说唐朝大将李靖（jìng）为了探找河源，险些丢了性命。

很早以前，人们都说黄河源头在青海的积石山。

唐太宗李世民建立了唐朝，国泰民安，事事如意。

一天，西边的一个小国派使者朝贡了一个精致的小匣子。唐太宗打开匣子一看，里边啥也没有，只有一张纸，纸上写着一行工工整整的字："献黄河源头三百里。"

唐太宗大怒：黄河源头在积石山，积石山本是我大唐江山。拿唐朝国土送唐朝皇帝，这不是戏弄我李世民吗？唐太宗越想越火，立即传李靖进宫。

李靖是跟着李世民南征北战，立下汗马功劳的大将军。

李靖不知唐太宗有啥急事，匆匆忙忙进了宫，还没稳住神，唐太宗就命他立即发兵征剿那个小国。

李靖弄不清是怎么回事，就问："人家刚送贡礼，为啥要发兵打人家呢？"李世民就把事情告诉了他。

李靖说："这个小国，哪敢戏弄皇上？据臣看来，黄河源恐怕不在积石山哩！待臣先去探索一番，不知圣意如何？"唐太宗想想也对，就同意了。

李靖带着人马，驮着干粮、用具，沿黄河走了三个月，进入积石山。黄河在积石山那里绕来转去，曲曲弯弯，水流湍急。积

石山上，巨石乱滚，一不小心，就会连人带马滚下河去。三个月下来，李靖带的人马死的死，病的病，连他只剩下十来个人。粮草、用具也丢失干净。

他们又走了两天，出了积石山西山坡。黄河成了个小河，但是水又深又急。走着走着，河水分了汊（chà），三股水潺（chán）潺流着。哪条是黄河？该顺哪条河道向前走？李靖发了愁。

李靖躺在河边的草地上推测着。几个士兵围着李靖，乞求说："李将军，再向前走，咱都得死，还是回去吧。回去就说积石山西边是黄河源。这鬼地方，谁也进不来，没有人知道。"

李靖听了，呼地坐起来，大声说："不行，谁不想走，留下。"

他站起来，看看坐在地上的几个士兵，说："想跟我走到底的站起来。"几个士兵你看看我，我看看你，终于都慢吞吞地站了起来。

李靖把十个人分开，三个人沿北边的小河向上走，三个人沿南边的小河向上走，他带着三个人顺中间的河向前走。约定谁走到头立即返回，在三条河汇流的地方等。谁不回来，就是找到了黄河源头，大家就去追他。

李靖一行人走着走着，忽见前面是一片望不到头的草泽平原。李靖又累又渴，就到水边捧着清清的河水喝起来。河水搅起一个个小波纹。

突然，一条黄色小龙蹿出水面，原来它是在这里守卫河源的，不许谁再超越一步。

小黄龙对李靖说："你是什么人？为何来到这里？"

李靖说："我们是唐朝皇帝派来的，要探查黄河源。"

小黄龙说："你们赶快回去，天帝有旨，谁也不准去黄河源。"

李靖说："去去何妨？"

小黄龙大怒，一甩尾巴朝李靖打来。李靖一低头，躲了过去。

小黄龙嚓一声冲到岸上，和李靖对打，三个士兵也赶来相助。

他们打了一天一夜，三个士兵全战死了。李靖遍体是伤，昏倒在河边；小黄龙也浑身是血，身上挨了十几刀，趴在地上呼哧呼哧地喘粗气。

一阵风过去，李靖醒过来。小黄龙也缓过气来，它挺起身，张大嘴，朝李靖扑来。李靖摸出弓箭，嗖的一箭，射中小黄龙的一只眼睛。小黄龙"啊"地叫了一声，滚入河中，在水里翻滚了一阵，向西游去。

李靖看着小黄龙游走了，本想再给它一箭，又一想：还是跟着它找到河源最重要。

小黄龙带着伤在水里逃，李靖持宝剑在后追。这样追了三天，到了一座大山前。突然狂风大作，飞沙走石，接着下了一场暴雨。暴雨过后，天上飘起了雪花。李靖顶受不住，一头栽倒在地上。

却说沿南边和北边两条小河查找河源的六个士兵，不几天就走到了河的尽头，这显然是黄河的支流，他们赶快往回赶，在汇流的地方等了多时，不见李将军回来，就顺河去追。

后来，几个士兵找到了昏迷不醒的李靖，把他抬了回来，到积石山遇到了唐太宗派来接应的人，一起回到长安。

李靖在长安调治了几十天，身体才恢复过来。

唐太宗问他探清河源没有。李靖说："黄河源头不在积石山，在积石山西边很远很远的地方，微臣无能，没有能探查到底。"

虽然李靖最后并没有找到黄河的源头，不过从此人们不再说黄河源在积石山了，唐太宗也不为朝贡黄河源的事动干戈了。

龙羊峡

　　黄河水由青藏高原奔泻而下，穿过重峦叠嶂，到青海共和县境，流进一个坡陡流急的大峡谷。

　　传说，很早以前，有头龙羊，忍受不了戈壁沙漠的干旱，远路跋涉，另找安身之处。它来到这长长的河谷里，看到这里有山有水，河水凉飕（sōu）飕甜丝丝的，是个好地方，就找了个山洞住下来。

　　到了唐朝，皇帝李世民派出大臣李道宗送文成公主进藏和亲。文成公主一行人到了这里，一时念家思乡心切，不想再走了，要好好看看这里的山，这里的水。

　　这天，文成公主独自一人出来，在深谷中沿黄河闷闷地转来转去。忽然，传来"嗷"的一声怪叫，一头奇形怪状的大野兽，瞪着眼，伸着舌头，朝文成公主走来。

文成公主抬头看见大怪兽，吓得拔腿就跑，大怪兽欺文成公主是个女的，大摇大摆紧紧追着。文成公主听到身后的脚步声越来越近，惊慌地乱喊乱叫："有怪物，快来人呀！"

　　大怪兽离文成公主没多远了。它四蹄蹬地，一跃向文成公主扑来。文成公主吓软瘫了，跌倒在地。

　　龙羊在山洞里过着安静的日子，多少年来从没见过人。突然听到有人大声求救，便从洞中蹿了出来，见大怪兽正扑向文成公主。它噌（cēng）地跃起，头一低，角向前，和那怪兽在半空里撞在一起。两下用足了劲儿，都撞得眼花头晕，一同摔在黄河边。接着，它们站起来又斗。一炷香时间过去了，龙羊鼓足浑身力气，用角又扎又顶，越斗越勇。怪兽伤了好几个地方，支持不住，扭头跑了。龙羊吼叫一声，拔腿就追。

　　李道宗见文成公主很长时间不回来，带兵去找，在黄河边救回吓掉魂的文成公主。文成公主醒来后，把怪兽追赶、龙羊搭救的情形说了一遍。李道宗派人去找龙羊，可再也不见龙羊回来。

　　后来，李道宗把这事上奏，李世民就给这个峡谷赐名叫"龙羊峡"。

日月山

  龙羊峡北岸是日月山，高耸的日月山把黄河和青海湖隔开。山上流下来一条条涓涓细流，注入黄河。

  这山很早以前叫"赤岭"，传说是在唐朝改名叫"日月山"的。

  唐太宗李世民是个胸有大志的皇帝，一心要建立一个统一的国家。他为了求得民族和睦，便忍痛割爱，把自己十分宠爱的文成公主嫁给吐蕃首领松赞干布。

  文成公主聪明美丽，又十分通情达理。她深知父王之意，便欣然从命。

  这年过了春节，文成公主就要起程离开京都长安，前往西藏。此去西藏，路途遥远，行程艰难。临走前，唐太宗向文成公主千嘱咐万交代，语重心长地告诉她一定要和松赞干布百年好合，白头到老，和西藏的百姓亲如一家。

文成公主说："父王嘱咐，我一定做到。不过，我实在舍不得长安的山山水水、父老乡亲啊。"

唐太宗听了，拿出来一个镏（liú）金的盒子，从里面取出一面镜子，对文成公主说："孩儿呀，这是面宝镜，名叫'日月镜'，你如想家，可拿出来看看。"文成公主高兴地收下了。

文成公主由大臣李道宗陪送，上千个卫士前呼后拥，出了咸阳桥，向西走去。车轿走呀走呀，文成公主伸出头来，向后看看，长安不见了，连骊（lí）山也退到了天边。她想着独自一人要到陌生的地方去，远离父老乡亲，心中觉得委屈，思乡之情油然而生。

文成公主拿出唐太宗送的日月宝镜一看，惊呆了，因为镜中竟现出了长安的景物。她细细地观赏着，啊！这是骊山，这是渭水……清清楚楚，都展现在眼前。停了一会儿，宝镜里什么也没有了，她心里又凄楚起来，不觉扑簌簌流下泪来。

文成公主怀里揣着日月宝镜，想想家乡，又想想父王的重托，一步一回头地往前赶路。

这天，到了兰州。滔滔的黄河水，勾起了文成公主对长安山山水水的思念。她命令停下，拿出日月宝镜，过一会儿，看一看，过一会儿，看一看，今天看，明天看，一连四五天不想走。

大臣李道宗跪在她面前说："公主不要忘了万岁的嘱托。"

文成公主猛然一惊，收起宝镜，下令沿黄河继续西行。

过了几天，到了黄河边的赤岭。这里大山一座接着一座，黄河的怒涛声听得清清楚楚。

突然，从山那边飞奔来一匹快马，是松赞干布派来报信的。原来松赞干布已带着人，敲着鼓，吹着长角号，到赤岭这边来迎接文成公主了。

文成公主心中慌起来：啊，马上要做异乡的人了！

她不由自主地又拿出日月宝镜，宝镜中立即现出了长安的山和长安的水，现出了熙熙攘攘的人群，现出了肥沃的土地和弯弯曲曲的黄河……

文成公主看呀看，竟伤心地哭了起来。

李道宗便下令停止前进。人们一个个你看我，我看你，都不敢吱声，周围静悄悄的。

李道宗轻轻地对文成公主说："大唐尊严，望公主三思。"

文成公主抬起头，只见旌（jīng）旗猎猎，上面绣着一个堂堂正正的"唐"字，在闪闪发光。

她喃喃地说："宝镜呀宝镜，你虽让我看到家乡，可也磨去

了我的决心啊！"说着，将日月宝镜用力摔在地上，碎片向四下飞溅。

李道宗忙说："公主，这……"

文成公主说："你回去奏明圣上，我为了大唐事业，把宝镜摔到黄河边的赤岭上了。"

后来，文成公主到了西藏和松赞干布结为夫妻，感情很好，为治理西藏立下了功劳。

因文成公主进藏时，把日月宝镜摔碎在赤岭，人们就把赤岭改名为"日月山"。

刘家峡

　　黄河弯弯曲曲，穿过座座大山，到甘肃中部，在永靖县附近，流进一条二十多里长的大峡谷。峡谷两岸的山峰高高地耸立着，看着叫人头晕。黄河水像数不清的脱缰野马，在峡谷中咆哮奔腾而下。

　　离峡谷不远的山窝里，有个小山庄。庄里有个姓刘的老汉，家里有老伴和两个儿子。四口人靠几棵果树过日子。他们成年累月侍弄着宝贝似的核桃树、枣树、梨树，把收获的果实挑过黄河，到城里卖掉。虽说日子不是很宽绰，倒也吃穿不愁。

　　刘老汉平日抠得很，不舍得乱花一个钱，买点儿油盐也要掂量掂量。

　　穷人家没别的进钱门路，不攒个钱，有了事怎么办呢！

　　这年秋天，刘老汉挑上满满两筐核桃，起早去卖。他顺着弯来弯去的羊肠小道，一步一步地从山上边下来，傍晌午到了黄河水边。

摆渡过河的羊皮筏（fá）子在河对面。刘老汉就蹲在一块石头上，等羊皮筏子过来。

黄河水打着旋儿，浪头击到岸边山石上，水柱飞起几尺高，让人看着心里发憷（chù）。

羊皮筏子上坐满了人，刚离开对岸，起了大风。狂风顺着山谷呼呼地穿过来，浪更大了，水更急了。

刘老汉一欠身站起来，提着心，瞪着眼，看着河里的羊皮筏子。筏子在水中忽上忽下，转过来掉过去。筏上的人紧紧依偎着，有的闭上眼睛，有的乱喊乱叫，有的哭了起来。

筏子到了河中心，突然，一个浪头扑下来，羊皮筏子一下子不见了。刘老汉打了个冷战，忙跪下来磕响头，不住嘴地念叨："上天保佑，上天保佑。"

谁知一浪过去，羊皮筏子却从水中钻了出来，终于靠了岸。刘老汉抬起头时，人们正从筏子上下来，这倒把刘老汉惊呆了。

其实，碰得巧，一浪扑不沉筏子的事也是有的，可刘老汉却认为是他求神的效应。

晚上，刘老汉回到家，吃饭时没端碗，睡觉时翻来覆去睡不着。

半夜了，他叫醒老伴，把白天在黄河边遇到的事，有鼻子有眼地说了一遍。他要老伴支持他修座庙供菩萨，保佑人们平安过河。

他老伴好说话，刘老汉咋说她咋依。接着又说服两个儿子。于是，他们把积蓄全拿了出来，买来砖瓦、木料。刘老汉请来匠人算一算，还差一半东西。他一咬牙把几棵果树也卖了。

全家人费了九牛二虎之力，凑够了料，在峡谷里盖起了一座庙。从此，要过河的人，总要先进庙祷告一番，乞求神灵，保佑平安。

那么，刘老汉盖这庙到底有没有作用呢？有的。为什么？因为旧时人们讲迷信，求过神后，认为有菩萨保佑，能逢凶化吉，碰到狂风恶浪，就不恐慌骚动了。这样，筏子往往能躲过危险，到达对岸。

许多年过去了。人们想念着这个好心的刘老汉，便把这个峡谷叫"刘家峡"了。

八盘峡

相传夏朝时，禹王爷坐着树排离家治水。他从西向东，一路疏通水道，来到金城附近。眼前，黄河水流被一座高耸入云的大石山挡住去路，沉沙在这里淤积起来，金城随时都有被淹没的危险。一心为百姓操劳的禹王爷看到这一情景，心中很不安，他决心让黄河水继续向东流淌，使两岸的百姓不会遭殃。

禹王爷不顾一路的劳累，水都没有喝一口，就登上那座云雾缭绕的石山，向山下四下察看，只见远处是一望无际的平川，近处是咆哮的河水撞击着山岩。

禹王爷想：为啥不把这大石山劈去一半，从旁边凿开一个通道，让黄河水从这里淌下去？这样，黄河水既可以灌溉农田，又不会给金城附近的百姓带来危害，这不是一举两得嘛！想到这里，禹王爷高兴得用手掌把石山一拍，不知是他高兴得用力过猛，还

是他生来力大无比，石山竟被他拍下来一块。

禹王爷赶快回去把自己的想法告诉了百姓。百姓听后非常高兴，大家立刻拿起凿山工具，跟着禹王爷来到这里。但石头硬，开凿进度很慢。

禹王爷想，这要等到何年何月才能凿成呢？他一急之下，伸出手掌，一咬牙，用力向石山砍去，只听一声巨响，山尖被削去了，接着禹王爷又三下五除二地用手掌把半个石山削去，然后他就带领大家在石山旁边开凿了一条水道，让黄河水按照计划流淌。可是这许多被禹王爷劈下的石头堆放到哪里呢？如果放在一起，黄河水还有被堵住的危险。

禹王爷想了想，说："把它们分成八摊，堆放在石山旁边吧！"就这样，被削平的大山旁边，增添了八个小山，黄河水就从这八个小山之间流去。打这以后，这里就被称作"八盘峡"。

等治好这一段黄河以后，禹王爷告别了大家，正想乘树排离去，但是百姓的一片挽留声，使他不由自主地再一次回过头来。

猛然间，他看到那座被自己削平的石山，光秃秃地立在八盘峡之间，很扎眼。

禹王爷心里说：如果在那上面种上庄稼不是很好嘛！于是他

又撑回树排，站在削平的石山上，双脚用力一跺，但见石碎尘飞，尘土落下，都附在石层上面。

从此，八盘峡有了庄稼。

万里黄河第一桥

　　黄河上自古无桥，从上游到下游，过河都是靠摆渡的。后来在兰州城西十里的地方造了一座桥，叫"镇远桥"，人们称它是"万里黄河第一桥"。

　　相传，镇远桥是明朝朱元璋时建的。所谓桥，不过是二十四只大船并列排在水中，用麻绳把那些船捆牢，又用铁索在两岸缚住。虽说是个浮桥，但皮筏与它无法相比，在浮桥上来来往往，比坐摆渡船放心多了。

　　浮桥大船虽然用麻绳捆起来了，但麻绳整天风吹水泡，互相摩擦，容易脆断，经常发生事故。后来，护桥官在桥的两头派了卫护兵卒，日夜检查麻绳，发现有断股和沤烂的地方就换绳。换绳是件麻烦事，三天两头换绳，费劲掏力不说，人还常因换绳摔入黄河，被水冲走，送了性命。护桥官又愁又急，却也没有别的

好办法。

　　到了清朝顺治年间，靖远县南乡杨家梭干村有个脚户，名叫杨山，他赶着几头骡子，给人家驮运东西挣钱糊口。

　　有一次，杨山赶牲口去兰州，来到镇远桥，赶巧兵卒正在换捆船的麻绳，不许过桥，他只好等着。

　　等了三天，杨山急得心如火焚。这天，他信步到河边去看换麻绳，见几十个身强力壮的年轻人，有的立在船上拖，有的泡在水中拉，跑来跑去，涉水攀舟，摇摇晃晃，看着叫人心里发毛。

　　杨山走过去，对护桥官说："这绳不能少换几次吗？"护桥官

正急哩，没好气地说："你眼瞎呀！麻绳沤烂了，不换下来，桥就散架了。"

杨山捞起麻绳，左瞅瞅，右看看，想起了芨（jī）芨草。原来他家乡杨家梭干村，长满了芨芨草。这里的芨芨草和别处的不一样，别处的草秆是空心的，唯有杨家梭干村的芨芨草是实心的，叫铁秆芨芨草。

杨家梭干村的人用芨芨草搓绳，又坚韧又经得起水沤，编筐、编篓、编席子，既硬扎还耐用。村里的人靠芨芨草过日子，草嫩时喂牲口，草老了搓绳编东西卖钱。芨芨草成了杨家梭干村人的命根子。

杨山对护桥官说："我家乡有一种芨芨草，搓成绳，用来捆船，比麻绳要韧，一根能顶三根用。"

护桥官似信非信地看了看杨山，漫不经心地说："你再来时带一些，试试看吧。"

杨山心想：换上芨芨草绳，省了好多换绳的时间，也算我杨山办件好事。

没几天，杨山用骡子驮着用芨芨草搓的粗绳，来到了镇远桥。护桥官把芨芨草绳换上去，过了很长时间，看看绳子，还是原样好好的。护桥官高兴极了，报请总督衙门，赏给杨山三十两银子。

谁知没过多久，一队差官骑马来到村里。差官们贴出告示，说是总督下令，杨家梭干村的人，每年都要把芨芨草搓绳送到兰州，以备捆船之用。

秋天，全村男女老少一齐动手，收割芨芨草。收割完，连明达夜搓成绳，马驮骡载，自己带干粮，披星戴月，送到兰州。

芨芨草绳捆牢了镇远桥，方便了过河，但由于官府不体谅人民疾苦，只给少量的钱，这就给杨家梭干村带来了沉重的负担。有的人甚至离乡背井，另觅活路。

就这样年复一年，直到后来修了兰州黄河铁桥，拆了镇远桥，送芨芨草的负担才彻底没了。

河堤绕着郭家坟

西汉末年，王莽篡权，刘秀起兵征讨，结果打了败仗。刘秀慌不择路，东拐西转，骑马奔逃。王莽穷追不舍。一个跑，一个追，一连三天三夜。

这天，刘秀跑到黄河边。前边是大河，没法过，他掉转马头，顺河向东。跑啊，跑啊，累得精疲力竭，回头看看，尘土飞扬，追兵越来越近。刘秀心里焦躁，真是上天无路，入地无门。这时，他忽然看见前边有片坟地，地里站着一堆人。刘秀一鞭打下去，马猛蹿一阵，来到那堆人前。

原来，这里是一户姓郭的人家在办丧事。棺材刚放进墓坑，孝子们跪在地上哀哀地哭着。正要给墓坑里填土时，刘秀到了跟前。

刘秀跳下马，跑到墓坑前，说明来龙去脉，向大家求救。

人们听说是刘秀，就设法救他。众人七嘴八舌没个好办法。

后来，还是大孝子想得周到，他脱下孝衣，叫刘秀穿上。然后和几个帮忙的人，把刘秀的马拽过来，七股八道地一捆，硬按到墓坑里。接着一声喊："封土啰！"大孝子拿起铁锨（xiān）和帮忙的人一起赶紧掘土。孝子们又一齐哭起来。

墓堆封好了，墓前墓后一群男男女女哭天喊地。刘秀两腿跪着，上身伏在地上，脸挨着黄沙土，听到这悲痛的哭声，心里发酸，也一把鼻涕一把眼泪地哭起来。他哭得满脸泪痕，满脸泥沙，两手一揉，成了个花脸。

王莽的人马追到，不见刘秀，有个将官就喊起来："喂！不要哭了，有个骑马的你们见没见？"

众人没理，照样咿里哇啦地啼哭。

将官急了，跳下马，抓着拿铁锨的大孝子，问："你是干什么的？"

大孝子说："邻家死了人，来帮帮忙。"

将官问："刚才有个骑马的，往哪走了？"

大孝子说："我正忙着封墓，没留神，好像有匹马一晃向北跑了。"

几个帮忙的人也说："那人见这里人多，就向北拐了。"

将官要上马，又停住，心想：别叫他们哄了。他在墓前墓后转了一圈，看看孝子们，都不像。再说，如果刘秀在这里，他骑的马呢？总不能上天吧！

　　孝子们又是一阵哭喊，将官信以为真，下令向北追去。

　　郭家人救了刘秀，刘秀感恩不尽。

　　后来，刘秀当了皇帝，常念叨这件事。

这一年，刘秀派人修黄河堤。修堤的大臣先划定修堤线路，郭家坟碍了事。修堤大臣让郭家限期迁坟，郭家好像没事人一样。

期限到了，修堤大臣把郭家弟兄找来，命令他们："立即迁坟，再不迁，大堤就从坟上穿过。"

郭家弟兄们说："你的大堤不好拐个弯修吗？"

修堤大臣火了，气呼呼地说："明天我就毁坟修堤。"

郭家弟兄说："你敢！要迁坟，除非皇帝说话。"

一句硬话把修堤大臣吓住了，他弄不清是咋回事，就把郭家拒不迁坟的事上奏给皇帝。

刘秀一听是这样，乐啦。他正想报这个恩哩！就下了一道圣旨：黄河堤绕开郭家坟修。

皇帝发了话，修堤大臣只好把大堤拐个弯，绕过郭家坟。

谁知，几天之内，黄河边上的坟都姓郭了，一问都是郭家坟。修堤大臣懒得打嘴官司，只要见到郭家坟就拐弯，这样让过来，让过去，黄河堤就出现了许多弯，成了一条弯弯曲曲的大堤。

昭君入河套

俗话说："黄河百害，唯富一套。"

河套分为前套和后套，后套盛产小麦、谷子，前套牧草青青，是个很好的大牧场。

很早以前，前套是一望无际的大沙原，寸草不生，穷困荒凉；后套遍地是草，没有庄稼，百姓靠放牧牛羊为生。

前套能成为牧场，后套能成为粮仓，据说是王昭君和亲时立下的功绩。

汉朝的时候，河套住的是匈奴。匈奴和汉朝常打仗，攻来攻去，闹得百姓不得安宁。时间一长，别说老百姓怨恨，就是汉朝皇帝和匈奴王也觉得受不了！

汉元帝时，匈奴王呼韩邪单（chán）于来长安要求和亲，这正中汉元帝心意，就把王昭君嫁给单于，以求和好。

王昭君为了汉朝与匈奴能和好，使两家百姓安居乐业，心甘情愿去河套与单于结为夫妻。不过，她想匈奴那里天气很坏，不种五谷杂粮，生活艰苦。在动身的前几天，她常常暗中落泪，后悔不该答应去和亲。

这天夜里，月明星稀，王昭君神情恍惚，好像有许多话憋在心里。想想长安的晴朗天气，想想河套那里阴沉沉的天气；想想长安的丰餐美肴，想想河套那里没米没面……越想越烦，看看桌上的琵琶，伸手拿起来，想把内心的话，倾吐在琵琶上。

王昭君抚摸了一下丝弦，却没有心思弹。她把琵琶放在桌上，转过身，看看窗外明月，步出门去。

突然，身后传来声音："昭君！"

王昭君回头一看，屋内空空，并无一人，正觉蹊跷，却听得从琵琶上传出说话声："我是阴山上的大树做成的琵琶，来伴你弹唱。"

王昭君听那声音，亲切和蔼，抱起琵琶，问："你是从匈奴那里来的？"

"是，是，琵琶是匈奴人造的。我从河套来到这里。我来到这里，却每天想着老家。那里的老百姓盼着你哩，快些走吧！"

王昭君对琵琶说:"我早拿定了去和亲的主意,只是那里太苦,困难太多,怕受不了啊!"

琵琶哈哈笑了:"我在你身边,会帮助你的。"

王昭君一阵高兴,又问:"那里缺什么?我带些什么好呢?"

琵琶说:"那里没有庄稼,你带些种子吧!"

王昭君点点头,把琵琶轻轻放好,连夜用红锦缎做了个袋子,把麦种和谷种装得满满的。

王昭君和单于出长安,沿黄河向北走。进入河套,向四周一看,光秃秃的,连茅草、树影都没有,一片黄沙,比在长安想的还要荒凉。

天阴沉沉的，风冷飕飕的，一脚深，一脚浅，没个路，真难走呀！单于和王昭君带着人马一步一步向前挪。

突然，刮起了狂风，沙石被吹起来，满天飞舞，天昏地暗。人被风刮着向后退，不能前进。

停下来，等呀，等呀，过了五天，天不晴，风不息。人又饥又渴，到处找不到水。不少人倒在地上，奄奄一息。马也倒下不少。

王昭君问单于："这就是河套？"

单于怕王昭君伤心，忙说："这里是前套，向西走是后套，那儿遍地是草，能放牛羊，比这里好多了。"

王昭君看看天，看看地，心想：这地方叫人咋生活呀！她把琵琶抱在手上恳求地说："这里的百姓太苦了，你帮帮我的忙，把这儿变一变，能像后套就好了。"

琵琶说："你弹吧，弹得越动听越好。"

王昭君弹起琵琶，优美悦耳的声音在空中随风飘旋。转眼风停了，乌云散了，太阳露出脸，暖烘烘的。她一个劲儿弹着，单

于叫她吃饭，她只是摇头。她整整弹了三天三夜，地上长出了青草，到处开着黄色的小野花，散发出清香。她又弹了一天一夜，那些美丽的小鸟叽叽喳喳飞来了，大地变了样。单于看得入迷，天变了，地变了，王昭君也越发漂亮了。

单于惊叹地说："前套也能放牧牛羊了。"

突然琵琶声停了，单于回头一看，王昭君已昏倒在地上。

从此，前套变了样，成了个水草丰盛的地方。古诗说的"风吹草低见牛羊"就是指这里。

王昭君在宫里没住多久，一心要去后套。单于舍不得她离开，不让去。王昭君千说万讲，单于才答应了。

王昭君带着琵琶和锦袋，跋山涉水来到后套。四周看看，全是绿油油的青草，茂密粗壮。她想：要是在这里种庄稼该多好呀！便找来一些老百姓，教他们除草，种上麦子。

大家没见过麦子长啥样，谁也不愿种，都说："俺这里祖辈长草，种什么庄稼呀！"

不能强逼百姓种，只有自己动手了。王昭君找了一片牧草丛生的地方，开始拔草，拔半天才拔了巴掌大的一片。她想起了琵琶，便求琵琶帮忙，琵琶答应了。

王昭君抱起琵琶尽情地弹呀，弹呀，随着琵琶声，青草一棵一棵不见了，露出黄中透黑的土地。王昭君带着跟她来的宫女，犁呀、耙呀，把地翻好，撒上带来的麦种。没多久，麦苗拱出了地面。

王昭君拔草种麦的事，叫一个反对匈奴和汉朝和亲的大臣知道了，跑去找单于。他说："草是咱匈奴的命根子，没有草，不能放牧，就没吃没穿。王昭君毁草，等于绝了咱的生路呀！"

单于说："她要把汉朝的庄稼带给咱。"

大臣说："咱和汉朝水土不同，敬的不是一个神，种庄稼根本不行。再说，她放着长安的荣华富贵不享，来到咱这偏僻的地方，她和咱同不同心，还得留神啊！"

单于受了挑唆，下令让王昭君立即回去。

这怎么办呢？麦苗才指把高，一走就完。再说这一脚踢不响，今后让百姓撒种种庄稼就更难了。

王昭君又求琵琶帮助。随着她弹拨的声音，麦子蹿着长大，很快地成熟起来。金灿灿的麦子收割了，琵琶声又帮助打场，磨面，蒸馍，烙饼，擀（gǎn）面条，包饺子。分给老百姓吃，人人都说好吃。百姓纷纷求王昭君留下来教他们种庄稼。

王昭君把收获的麦子带了回去，单于见了，十分高兴。

这时单于知道了种麦的事情，知道了老百姓要学种庄稼，就和王昭君一同到后套，把麦种分下去。

王昭君走遍了后套的山山水水，村村镇镇，教百姓耕耘土地，撒种育苗，浇水灌溉，收割打场。后套土地肥沃，有黄河水浇灌，庄稼长得格外好。

麦子收割了，人人都说匈奴和汉朝通婚，给匈奴带来了幸福。

后来，王昭君又把谷种、玉米种撒在后套。从此，后套就越来越富，成了黄河流域最富裕的地方。

王昭君死后，河套人民怀念她，为她修了好几处坟墓。在前套呼和浩特的昭君墓，长满青草。到了秋天，地里的草木都枯黄了，唯有王昭君墓上的草照样是青的，当地人叫"青冢（zhǒng）"。据说，这是因为昭君为河套百姓带来了幸福，青草也不忘她的恩情。

张万昌 讲述
申法海 搜集整理

君子渡

  黄河弯多,渡口也多。流到内蒙古的托克托,黄河向南拐了个大弯。在这个拐弯的地方,有个很有名的渡口,古时叫"黄河渡",后来叫"君子渡"。

  东汉时,都城洛阳很热闹,做买卖的很多。有个商人,搞长途贩运。他弄些盐呀、米呀,运到现在的呼和浩特一带换羊皮。那里的人以放羊为生,羊皮便宜得很,就是缺盐缺米。

  这个商人来回贩运东西,从洛阳出来,顺黄河南岸走,到潼关拐弯,再顺黄河西岸向北一直到黄河渡,坐摆渡船过河就到了地方。

  黄河渡的老船工是个忠厚人,祖辈都靠这渡口吃饭。他从小就跟着他爹,不管刮风下雨,天热天冷,给来来往往的行人摆渡。

有一次，商人把换来的羊皮，用马驮着，背着几褡裢（dā lian）银子，起早摸黑赶往黄河渡。他赶路心切，吃不着一顿舒服饭，累出了病，只好强拖硬挪，这天傍黑才到了那里。

　　老船工招呼商人上了船，还没有开船哩，商人一张嘴，哇地吐了一摊，刚吐完，又一头栽在船帮上。老船工慌了，又是喊又是晃，闹腾了半天，商人也没有醒过来。

船到了对岸，老船工把商人背到自己住的草棚里，把马和东西都安置好，忙前忙后，整整侍候商人三天三夜。商人一直没有睁开眼，没有张口说一个字，就咽气了。

商人一死，老船工作了难。不知道人是哪里的，又有这么多东西，咋办呀？后来，老船工用自己苦筋拔力挣的钱，买了个棺材和一身衣裳，把商人埋葬了。他把马、羊皮和银两送回家保管起来。

商人的老婆、孩子在洛阳等呀，等呀，过了一个月不见商人回来。又过了四五个月，他们坐不住了。商人的老婆叫儿子去寻找他爹。

商人的儿子一边打听一边走，这天到了黄河渡，他问老船工半年前有没有一个洛阳商人在这里过河。

老船工抬头一看，问话的人长相怪像死去的那个商人，就问："他是你啥人？"

"是我爹，来这里做生意换羊皮，半年啦，没有回家。"

老船工一听，哎哟，这一定是那个商人的儿子了。正要说明真情，一想，慢，别认错了，又问了一句："你爹出门时，带有啥东西？"

商人的儿子把他爹带的褡裢是啥样，啥布做的，身上穿的啥衣裳一说，老船工流泪了。他把商人死去的前前后后说了一遍。

商人的儿子哭了起来，一弯身跪下来，直朝老船工磕头。

第二天，老船工到家，把马和东西全拿出来，交给商人的儿子。商人的儿子看看马养得壮乎乎，羊皮放得整整齐齐，天下真有这样的好人呀！老船工替代了自己端汤灌药，埋葬老人，尽心保管东西，这个恩情难报呀！他伸手去褡裢里抓银子，一伸手，里边有个本子。拿出来一看，是他爹的账本。

老船工根本不知道

裶裶里有账本，忙说："你照账上的数，查一查，看羊皮、银子和其他东西少不少。"

商人的儿子说啥也不查。老船工生气了，他没有办法，只好查了一遍。羊皮不少一根毛，钱不少一只角。

商人的儿子走时，拿出许多银子要送给老船工，说："这棺材钱、送老衣钱、养马的料钱总得留下吧！"

老船工分文不要，说："我如果准备要你的钱，当初就不那样做了。"

两个人推来推去，最后老船工发起脾气来，商人的儿子才收起了银子。

商人的儿子回到洛阳，托一个在朝做官的亲戚，把这件事奏给皇上。皇上听了这件事，张口说道："老船工，君子也。"

这件事一传扬出去，人们就把"黄河渡"改口叫"君子渡"了。

娘娘滩和太子滩

　　在山西河曲县北边，黄河河身很宽，在弯弯曲曲的河道里有两个沙滩。沙滩平坦坦、软松松的，一踩一个脚印。太阳一照，沙粒像碎金子一样闪闪发光，景致十分好看。这两个沙滩，一个叫"娘娘滩"，一个叫"太子滩"。

　　西汉时期，汉高祖刘邦的老婆吕雉（zhì），人称吕后。这个女人心肠狠毒，她做了皇后还不知足，一心想夺汉朝的江山。她每天在刘邦面前撒娇卖泼，刘邦被她弄得颠三倒四，事事都由着她。结果是今天杀这个，明天斩那个，满朝文武都提心吊胆，连口大气都不敢出。

　　刘邦有个妃子叫薄姬，生有一子，取名刘恒，八岁时被封为代王。薄姬见吕后野心大，自知在宫内难免受害，就带着儿子刘恒长期住在山西黄河边的封地上。

母子二人，远离国都，心中十分忧伤，薄姬就每天领着儿子到黄河边的沙滩上，听听哗哗的流水声，看看奇峰怪石，以消异乡寂寞。

　　刘邦死后，汉朝的江山真的落入吕家之手。吕后荒淫无度，百姓民不聊生，薄姬得知消息，十分生气。她每天带儿子在滩边种种庄稼，讲讲古往今来的历史，要儿子一旦有出头之日，一定要好好治理国家。刘恒听着应着，表示一定不辜负娘的期望。

薄姬看看自己的儿子，宽臂膀，大额头，既爱劳动，又有抱负，不由得满心欢喜。

很快十六年过去了。这年正月十五夜，冷月当空，母子二人身披斗篷，还在河边走来转去，忽听东边马蹄声声，呼啦啦的像是刮来一阵大风，抬头一看，只见黑压压地过来一队人马。

薄姬心中猛然一惊：哎呀！莫非是吕家派人来杀害我们母子不成？

她紧紧拉住刘恒，正欲逃走，忽见一马飞驰而到，马上一人大喊："娘娘休要惊慌，太尉周勃前来接娘娘和太子回京！"

薄姬一听是周勃，才放下心，因她知道周勃是朝中的忠臣。

当下，周勃下马，来到薄姬、刘恒面前，扑通一声跪倒在地，后边许多兵士也跟着跪下。

周勃说:"臣向娘娘和我主请安!"

薄姬和刘恒不知缘由,一问,才知道前不久,周勃和一些大臣商量之后,出其不意地闯入皇宫,杀了梁王吕产,又一鼓作气到各地搜捕吕氏党羽,杀了个一干二净,夺回了汉朝江山。——后来刘恒回京即位,成为历史上有名的汉文帝。

这天晚上,住在黄河边上的老百姓,只见那边火把晃荡,盔甲闪光,以为是天兵天将下凡。第二天,大家跑到刘恒母子二人常去的地方一看,已不见人了,只有两个沙滩上边留下许多脚印。过了许多天,才知道是朝中的周太尉把他俩接回去了。

于是他们给这两个沙滩起了名字,一个叫"娘娘滩",一个叫"太子滩"。

大禹开龙门

黄河流到山西河津附近，有个河道很窄的地方叫"龙门"。龙门又叫"禹门口"，相传是大禹开凿的。

大禹治理黄河水患到了山西，见龙门山挡住了黄河水流的去路。大禹爬上爬下，把龙门山看了个仔仔细细。山北坡平缓，南坡是陡壁，山脚下是一条很宽的大山谷，向南望不到头。大禹决定把龙门山从中间凿开，让黄河水从陡壁上流出来，顺山谷向南流。

在哪儿下手呢？大禹在山北坡找来找去，突然发现有个一人高的山洞，向里一探，山洞还不浅哩。他想：利用这个洞开凿能省好些劲儿。

第二天，大禹带着锤子和凿子，就在山洞里开工了。叮当，叮当，日夜不停，三四天工夫就凿了几丈深。

这天正凿着，大禹突然觉得脚下石头在晃动。咦，咋回事呀？他忙向一边闪开，只听轰隆隆一阵巨响，石头塌下去了，眼前却是一个很深的洞。

洞里黑咕隆咚的，大禹点起火把向前探索，想看看能通到哪里。走着走着，火把忽地熄灭了，却见前边有一闪一闪的亮光，五颜六色。

大禹眯起眼一看，一个鱼样的怪物，嘴里噙颗夜明珠，卧在前边。于是大禹便向怪物走去，还有丈把远，那怪物忽地站起来，抖抖身，呼哧呼哧地向前跑去。

怪物跑，大禹追，曲里拐弯，不一会儿，前面漏出了亮光，怪物不见了。大禹越走越亮，出了山洞，见一大片空地，四面是山，中间有一潭清水。

大禹在潭边转了一圈，不知道自己到了啥地方。这时，清潭中突突冒起一串水花，随着水花拱出来一条小白龙。

大禹治水，走南闯北，见过的龙呀蛟呀仙呀怪呀的多啦，一点儿不在乎。

大禹走到清潭边问："你是谁？"

小白龙说："我是东海龙王的小孙子。这水下是我刚修的龙宫，还没住安生，你就叮当叮当地捣乱。我叫鱼怪把你请来，问问你要干什么。"

大禹说："我要凿通这大山，引过黄河水。"

小白龙一听，很不高兴，怒气冲冲地说："你换个地方凿吧！"

刚才大禹在潭边看时，估摸对面的山石没多厚了。只要把这山石打透，黄河水从洞中流过来，就过了这龙门山，省劲儿省工省时间，说啥也不能换地方。

大禹不客气地说："小龙王，还是你换个地方吧！"

小白龙见大禹不让步，就说："我叫山神爷把这山长得厚厚的，叫你一辈子凿不透，打不开。"说着，小白龙一缩脖，钻进了水底。

大禹想，山石若真的长厚，那可就不好办了！他一咬牙，一摇身，向地上一滚，变成了一只几十丈高的大熊。

大熊向后一坐，用尽生平气力，朝南边的山壁撞去。一下，两下，三下，轰隆一声巨响，山壁被撞坍了，开了一个大口。下边十几丈深就是那条很宽的大谷。大熊转过身子，又朝来时的山洞撞去，山洞也崩开了。黄河水就从那里奔涌过来，蹿出了大山口，向下落在山谷里，溅起几丈高的浪花，汹涌澎湃地向南流去。

于是这里成了个大瀑布。

大禹化熊撞山，累得精疲力竭。他一步一步挪到山口南边的半山腰里，手脚一伸，呼噜呼噜就睡着了。一觉竟睡了九九八十一天。

后来，人们就把这个山口叫"禹门口"，在大禹睡觉的地方盖了座禹王庙。

蛮龙归正

　　大禹治水先有三样法宝：一是伏羲（xī）给他的河图、玉简；二是天上的应龙，它能用尾巴划地给他指引方向——禹沿着应龙划地的线路，领着千千万万的民工，开凿河道、疏导洪水；三是背负息石和息壤的一只大乌龟——玄龟，它能把息石和息壤投到低洼的地方，息石长石、息壤长土，不断地生长起来，使地势加高。

　　说起来，有了这三宝，治洪水的进度也不算慢了，可大禹却总想再快一点儿。后来大禹又得着了第四样法宝——蛮龙。今天讲段《蛮龙归正》，那还是大禹打通黄河龙门前后的事。

　　这一天，有人来报，说上个月用息石、息壤堵起来的大坝，昨夜坍掉了，洪水又淹了田地。大禹心想，用息石、息壤筑的坝从没有坍过啊！

　　过了半晌，又有人来报，说昨夜看到电光闪闪中，有一条全身乌黑的龙，在坝边的洪水里翻身打滚儿，兴风作浪。后来，轰隆隆一声，大坝坍了！

这时，应龙降落在大禹面前，匍匐着说："那是条恶龙，快让我去消灭它！"

大禹说："且慢，让我想一想。"

伏在一旁的大乌龟，昂起墨绿色的头，直朝大禹摇着摇着。

大禹问："玄龟啊，你有什么话要讲呢？"

玄龟瓮声瓮气地说："那条乌龙有神力，别轻易要了它的性命，倒不如去劝它弃邪归正，帮助禹王治水。"

应龙却说："我听说它是蛮七蛮八的蛮龙，邪气太重，归不了正的。"

大禹说："应龙，你还是去划地引路吧，玄龟背我去走一趟。"

应龙四足一蹬，翅膀一展，便腾空而去了。

玄龟驮着大禹上了一座高山。

　　大禹朝下一看，见一条全身乌黑的巨龙，头上长着一对雪白耀眼的龙角，正在嬉戏翻腾，不时掀起冲天的浪花。

　　大禹就朝它大声喊道："哎，哪来的神龙？把我们的大坝都搞坍了！"

　　那乌龙全不搭理，只是摇头摆尾地戏水。

　　大禹说："喂，你可不要残害生灵呀！"

　　不料乌龙反而摆弄得越发厉害了。

　　　　玄龟憋不住了，扬起头来说："喂，神龙，是禹王在跟你讲话呢，你怎么老是不理不睬的？"

乌龙却仍然没一点儿顾忌。

玄龟轻声对大禹说:"得稍稍给它点儿厉害尝尝!"

大禹袖子一抖,取出一块小小的五彩息石,放在玄龟的尾巴尖上,那息石便立即成为一块斗大的巨石。玄龟只把尾巴轻轻一挥,天空就划出一道彩虹样的弧线,五彩息石不偏不倚地落在乌龙脑门顶的两只龙角之间。

乌龙把头一昂,哈哈大笑,说:"一块小小的花石头,奈何我不得!"

大禹说:"我只想让你听我讲点儿理。"

乌龙说:"我叫蛮龙,就是蛮七蛮八不讲理的。你有理,跟别个去讲吧!"

可那五彩息石,无时无刻不在膨胀变大。不一会儿,便把蛮龙的两只龙角撑紧了,疼得它直摇头。五彩息石还在生长,蛮龙感到脑门心里轰轰作响,眼睛也直冒火星。

蛮龙这才讨饶:"禹王呀,快把这块倒霉的花石头拿掉吧!"

大禹说:"你肯听我讲理吗?"

蛮龙说:"听就听吧!"

大禹一示意,玄龟来个倒吸,天空又划出一道彩虹样的弧线——

五彩息石被吸归原处，并恢复了原样。大禹又把它藏进了袖内。

蛮龙伸了伸头，摆了摆尾，快快地说："讲呀！"

大禹说："洪水滔滔，天下百姓遭灾。我奉舜王的嘱托，疏导洪水入海。一旦治好洪水，天下百姓安居乐业。这就是理。"

蛮龙说："哈，你这个理，我听得懂。"

大禹又说："帮助我治水的，除了天下的黎民百姓，前有应龙，后有玄龟；你若跟我治水，施展你的威力，使百川归海，便是你的功德了。"

蛮龙说："这个理，我也听得懂。"

大禹说："你懂了，就听我的，跟我走！"

蛮龙乐滋滋地腾升天空，听候大禹调遣。

从此，大禹又添了一个得力助手，治水也就顺当多啦。

后来，大禹见一座山挡住了黄河河道，就对蛮龙说："这回劈山开石门，要看你的本领了！"

蛮龙点点头，飞腾天空，口吐乌云，眼冒闪电。忽一头扎下来，用那对雪白耀眼的龙角，直劈山冈。只见火花四射，轰的一声，石飞岩移，山被对中劈开。洪水哗啦啦地冲出石门，轰轰轰地流泻出去。

接着，蛮龙又潜入水中，龙角挑，龙爪扒，将阻碍洪水的巨石统统挑掉、砸碎。经它一番奋战，山口开得宽宽的，两边山岩壁立对峙，像一道石门，屹立在大河两岸。

大禹见蛮龙立了大功，心里十分高兴，就将劈开的峡口取名叫"龙门"；所在的山，便叫"龙门山"。

大禹治平了天下的洪水以后，便命蛮龙把守龙门，还叫它做了龙门考官。

原来，龙门以下的鱼虾龟鳖，每年洪汛期间，都要逆水而上，来龙门考试一次：凡能在龙门急流中跳到上游的，就准许变成仙鱼神龙，登上天空，耕云播雨；凡是跳跃不上的，哪怕碰得头破血流，仍旧各归原路生活；如果谁要兴风作浪，将受到蛮龙的惩罚。

现在流传下来的，还有这样四句诗：

> 劈破龙门山，
> 黄河流到海。
> 蛮龙归了正，
> 龙门做考官。

九嶷岩里流黄河

　　九嶷（yí）山上有座九嶷岩，九嶷岩里有一条阴河。它迂回九转，激流奔泻。阴河水在黑沉沉的岩洞里流呀，流呀，据说可以一直流到广东哩。这里的瑶、汉老乡，都把它叫作"九曲黄河"。

　　九嶷山里怎么会有黄河流淌呢？这里有个古老的故事。

　　相传古时候，洪水泛滥成灾，舜帝就派鲧去治理洪水。鲧治水的办法很笨，他用的是筑堤堵截的办法，哪里洪水泛滥，就在哪里堵塞。结果堤越筑越高，水越堵越多，洪灾也就越来越大。舜帝忧心如焚，鲧也十分焦躁。

　　鲧听说玉帝有一种神土，名叫息壤，能够自己生长。心想：若是用息壤来筑堤，水涨堤自高，洪水再猖狂也不怕，那该多好啊。于是，他就偷偷上天去，窃取息壤。谁知他性情急躁，动作粗鲁，被守卫息壤的天将发觉了，将他绳捆索绑，押送到玉帝

青铜峡

龙羊峡

刘家峡

河口

孟津

三门峡

驾前。

玉帝一听鲧是来窃取神土的，勃然大怒，下令将他处斩。可怜鲧为了制伏洪水，被玉帝砍下了脑袋，献出了自己的性命。

鲧死以后，他的儿子禹决心继承父亲遗志，治理水患，消灭洪灾。禹采取的措施和他父亲的不同，他不筑堤，也不堵漏，用的是疏通河道、导流入海的办法。

当时水患最厉害的是黄河，禹就首先治理黄河。

黄河源远流长，流到龙门山的时候，遇到阻拦，就乱冲乱撞，四处奔流，所以这里水灾最为严重。鲧曾经筑堤九十九次，竟垮了九十九回。

这一回，禹不筑堤了，天天去开山。龙门山尽是石头，用锤子锤，錾（zàn）子凿，好难凿啊！禹一怒之下，头一摇，脚一蹬，变成了一只硕大无比的巨熊。这只熊好威武啊！他钉在这龙门山上，一个劲儿地咬，一个劲儿地扒，足足七七四十九天没动窝，硬是把龙门山扒开了一个九十九丈宽的大缺口。如今你到龙门山上去看一看，还有禹变成熊口咬脚扒的痕迹呢！

眼看黄河水哗啦啦地穿山而过，再也不遍地乱流了，禹才笑眯眯地将身一抖，恢复了人形。老百姓那个欢喜劲儿真是没法提了。人们欢乐够了就扛上锄，提起锹（qiāo），跟着禹去开挖河道。

禹治水是因势利导，根据地形决定开河办法，所以河水乖乖地听从他的指挥。

禹见大地北方地形复杂，这儿是高山，那儿是平地，这里有陡岭，那里有深潭，河道不能照直走呀，于是就决定让这万里黄河，避开山，躲开岭，过平川，闯深潭，弯弯曲曲地流向东边大海。

黄河这样流究竟行不行呢？禹想把这个办法向舜帝报告。当时，舜帝正在南巡，一时间哪能回到北方来察看黄河呢？而且治理的河道又这样长，舜帝也没有工夫走遍这九曲黄河的每一道弯弯拐拐呀！

怎样才能把治河的细枝末节讲清楚，而又让舜帝少花时间呢？禹皱着眉头，边走边想，不觉来到了王屋山。一个八百八十岁的老头儿，摸着八尺八寸长的白胡子，抖动着三寸三分长的白眉毛，笑嘻嘻地对禹说："你不晓得把黄河搬给舜帝看看呀？"

禹心中陡地一亮：对，做个黄河模型献给舜帝看！于是，他挖来五台山的胶泥，凿下太行山的石块，捏呀捏，塑啊塑，忙了七天七夜，做成了九曲黄河的模型，连夜赶到九嶷山，献给了舜帝。

舜帝看到这座模型，好不高兴呀！他只见万山丛中，惊涛奔腾，浊流宛转，结成九曲连环，一条黄河水，浩浩荡荡，流了半个神州。

舜帝眉开眼笑，一把拉住禹，说："你干得好哇，水就该这样治！"

舜帝见禹年轻能干，一心为着老百姓，是个有魄力、有智慧、勤劳勇敢的人，后来就把帝位传给了他。

当时，九嶷山的老百姓看了这座九曲黄河的模型，人人惊叹，个个夸赞。人们要记住禹治水的功绩，都请求舜帝把模型留在九嶷山，好让后世子孙观赏。舜帝答应了老百姓的要求。但是，这珍贵的模型，可不能让它日晒雨淋，弄坏了哟。于是，舜帝选定了一座幽深的岩洞，郑重地把模型放了进去。不信，你到九嶷山来看看，那九曲黄河正在九嶷岩里滔滔奔流哩！

杨鹏搜集整理

巨灵掰山引黄河

黄河在潼关附近的那个转折，是九曲黄河中最有名的大弯。这里河道狭窄，水流湍急，两岸山崖陡峭。从北流来的黄河，到这里南受华山阻挡，拐弯顺中条山向东流去。

传说，在上古的时候，华山和中条山是连在一起的。黄河流到这里被山石挡住，到处横流。

那时候有个河神叫巨灵，见黄河水泛滥成灾，危害百姓，心里很不好过。他天天在山上转来转去，察看着地形。向南，群山连绵，地势越来越高，无法引水；向东，是一马平川，宽广低平，离海也近，是水的出路。巨灵琢磨了几天，下决心要把黄河水引向东流入海。

这一天，天气很好，蓝莹莹的天上没一丝云彩。巨灵赤膊上了大山，到了一个深谷中，他停住脚，左右看看，山峰直挺挺的。

巨灵摇身一变，身体长得很高很高，成了个顶天立地的巨人。他面向东，两手顶住两个山头，咬紧牙，一使劲儿，胳膊用力向南北推去，山头晃了两晃。

巨灵身上汗水哗哗地流，四肢发酸。他歇了一会儿，揉揉胳膊，一运气，手掌骨头咯嘣咯嘣直响，忽地手指长了几丈长。

于是，巨灵又用大手掌顶住两个山头，吸了一口长气，"嗨！"大吼一声，如同万头雄狮咆哮，震得天摇了三摇，地跳了三跳。就在这时，他运足气力，向两边推去。只听得轰隆隆一阵巨响，山石裂开。他又赶快用脚踏住中条山，手扶住华山，一伸腿，把中条山向北蹬开。两山离开了，闪出一条大沟，黄河水哗哗地冲过来，在中条山下向东流去。

现在，华山东峰右侧石楼峰的东壁崖上，有五条如同人手指的色带，在青黑色的崖壁上特别显眼，据说这就是巨灵掰山时留下的。

秦公子过马桥

以前，黄河上没有固定的桥，只有几座浮桥。在陕西大荔东面的黄河上有座浮桥，传说那是黄河上第一座浮桥。

两千多年前的春秋战国时期，天下混战。黄河流域有好几个小国，你争我夺，都想称霸。

黄河从潼关向北拐，河东是晋国，河西是秦国。

有一次秦国派出大军，由公子率领，攻打晋国。秦公子选择在大荔东边，黄河河身窄的地方过河。

大军乘船摆渡到对岸，人马都过来了，秦公子当众烧了船只，对兵将们说："现在船只烧毁，已无退路，只可胜，不能败。唯有拼死作战，才有生路。"

秦兵一过黄河，士气旺盛，东冲西闯，连着打了几个胜仗。

晋国见秦兵来势凶猛，就调集了全部军队，对付秦兵。晋国很快转败为胜。

　　秦公子远离国土，粮草携带不足，士兵伤亡又多，无处增补，只得带着残兵败将，和一群没人乘骑的战马，落荒而逃。

　　秦公子逃到黄河边，猛然想起自己已把船只烧掉，无法过河。眼前虽说河身狭窄，但水又深又急，没有渡船别想过河。他悔恨

自己年轻冒失，绝了自己的退路。这时，部下兵将又跑来报告，说晋兵追来，只有十几里了。

秦公子长叹一声，想投黄河，一死了之，不料被一员大将拉住。

大将说："公子，咱有这么多战马，马能浮水，何不把马匹用绳子串在一起，推入水中，先过去一人，把绳子系在对岸，这样踏着马背就可过河。"

秦公子一听喜出望外，就命士兵把战马一匹挨一匹串住，推入水中。等晋兵来到黄河边，只见摊着许多马粪，没一个人影儿，秦公子的军队早从马背上踏过黄河跑了。

后来，人们见这样可以过河，于是就用船代马，在那里架起一座浮桥。大家就在上面往来，十分方便。

三门峡

很早很早的时候，黄河流到山西省平陆县，向东不通了。现在的三门峡，那时是一座大山，挡住了黄河的去路。

平陆县向西地势低，人称"马沟"。黄河水注进马沟，长年累月，这里成了个一望无际的大湖泊。

这年，来了一条老龙，见马沟水深面广，就住下了。它时常在水中戏游取乐，兴风作浪，四周的老百姓常被水淹。

马沟里的水越聚越多，眼看要向四周溢漫。这时，大禹治水来到这里。大禹看准地形，选好地点，带着开山斧〔实际应称为耒耜（lěi sì）〕，来到山前。

大禹要劈山引流的主意叫老龙知道了，它头一摆，尾一扫，飞出了水面。

大禹举斧正要向下劈，老龙甩尾巴向大禹打来。

大禹赶忙躲过龙尾，喝问道："你想干什么？"

"不准你劈山。"

大禹早听说老龙常为非作歹，如今它又阻拦劈山，一怒，举斧向老龙劈去。

老龙张牙舞爪和大禹拼斗起来。大禹挥动开山斧，劈左砍右，和老龙斗了七七四十九天。老龙累得趴在地上喘粗气，大禹也是筋酥骨散。

这时候正赶上汛期，河水猛涨，平了四周山头。大禹顾不得老龙，忘了腰疼腿酸，举斧向大山砍去。谁知他已精疲力竭，只砍开一个小口。他咬紧牙关，使足力气，又连劈两斧。水顺着大禹劈的三个豁口向东流去。

老龙见水流走，挺身扑向大禹，被大禹一斧砍死，鲜血四处飞溅。大禹再举斧要劈山时，一阵眩晕，累倒在地上。

后来人们就把这三个口叫作"人门""鬼门""神门"，称这个地方为"三门峡"。现在三门峡四周还有许多红土，那就是老龙的血染的。

白鱼入舟

商朝最后一个国王殷纣（zhòu）王是个暴君。他荒淫无度，残害忠良，加上宠妃苏妲己出孬（nāo）点子，天下不得安宁，引起诸侯不满，百姓反对。武王就乘机起兵反商。

武王和周围一些诸侯相约，在现在的河南洛阳孟津区东北的黄河边相会。在这里他们共立盟誓，推选武王为首领，带兵讨伐纣王。

武王挑选了精兵良将，在盟会的地方渡黄河北上。

自武王在这里渡黄河以后，这里就成了一个渡口，叫"盟津"。后来叫走了嘴，叫成了"孟津"。

武王坐着一只大船，向黄河北岸划去。船到河中心，突然走不动了。武王很吃惊，走到船头一看，只见迎面游过来一条鱼。那条鱼游到船边，头一晃，尾一摆，蹿出水面。武王吓了一跳。

接着，那鱼又一纵，落在船上。

武王一看是条大白鱼。他没见过这种鱼，再说鱼跃出水面，来到船上，不知是凶是吉，就赶快叫人把白鱼供起来，又烧香又磕头。

白鱼上船后，船又继续向对岸驶去，很快过了黄河。

武王下船前，双手把白鱼托起来，恭恭敬敬地说："白鱼呀！但愿这次伐纣能旗开得胜。"

说来也怪，白鱼点点头，发出"胜，胜"的声音。

武王过了黄河，带兵一路奔波，马不停蹄，到了牧野。在牧野和纣王一场大战，大获全胜，灭了商朝。

后来，人们比喻战事的吉祥征兆时，就说"白鱼入舟"。

刘统勋探奸堵口

　　清朝乾隆的时候，有一年瓢泼大雨倒了十天十夜。黄河涨水，在河南武陟（zhì）县决了口，一下子把河边的梁家营、二铺营、詹家店冲得无影无踪。

　　又是风，又是雨，水大浪急，土堤又不结实，轰轰隆隆决口越塌越大，一下子开了十来丈。

　　那时候的河防大臣是个啥也不懂的草包，他用银子买了这个能发财的官。黄河一决口，他就暗中高兴。咋啦？能贪污治河银两，发横财嘛！这一次决口，他堵了一年也没有堵住，银子捞摸得成筐往家里抬。

　　刘统勋是当朝宰相，是个清官，他眼睁睁看着黄河决口，冲了一年，心急火燎，就下去私访啦。

　　在黄河边，刘统勋打听到一个老船工名叫郭大昌，治水很有办法。他奏了一本，罢免了这个草包河防大臣，保举郭大昌去堵口治水。

郭大昌的上辈人就和黄河打交道，有一套堵口办法。他领着堵口的官兵、民工，一个月就快把口堵上了。

口快合龙时，出现了一件怪事，到晚上，堵上的决口，呼呼啦啦塌下了；白天再堵上，第二天清早一看，照样又塌下。这样一来，耽误了一个来月，口堵不住。

郭大昌还没遇到过这种情况，用尽了种种办法，决口就是合不拢。

刘统勋听了这事，觉得怪稀奇，连夜赶到武陟，扮成一个逃荒的老头儿，转来转去，私下暗访。

有一天，在饭馆里，他碰到一个小个子和一个大个子，正在大吃大喝。

吃罢，小个子拿出一锭银子，给了大个子，说："这是十天的工钱。"

大个子说："唉，这挣的是坏良心钱呀！"

小个子不在乎地说："只要给钱就行，今晚早点儿到河边，离远一点儿下水。"

刘统勋看着两人的背影，心里嘀咕起来：晚上到河边下水干啥？

　　天一摸黑，刘统勋就到了堵口的地方，等呀等呀，到了半夜，忽然，白天堵住的口呼呼啦啦向下塌，口又开了。刘统勋仔细一听，水下像是有人。他想，这黄河水又浑、又深、又急，水性不好，是不敢下去的。他忽然想起饭馆里那两个人，于是定了一个主意。

　　第二天，刘统勋出了告示，说他巡视黄河决口，把官印掉到决口里去啦，谁能打捞上来，赏银五百两。告示一贴出去，人们都说是个发财事，就是没人敢下水。

　　这天，来了两个人，说能下水捞印。刘统勋叫他们进来，问他们有没有把握。

　　两人说：“有，我们是有名的水鬼，在水底能换气、看路，可走十几里，这决口底下的情形我们清楚得很。”

　　刘统勋哈哈大笑一阵，突然重重地一拍桌子：“把两个水鬼拿下！”

　　刘统勋升堂，一打一问，两个水鬼招了，原来是被罢免的那个河防大臣，用钱收买他们，让他们每天晚上从远处的河边下

水，到堵好的地方扒开。这样，郭大昌白天堵，水鬼晚上扒，咋能堵住呢?

刘统勋叫两个水鬼在供状上画了押，就把原来那个河防大臣传来，给铡啦。

第二天，郭大昌就把决口堵上了。黄河水又归了原来的河道。

花园口

　　黄河南岸，以前有个不出名的渡口，叫"花园口"。1938年，日本侵略军逼近郑州，国民党军队在这里炸堤决口，百姓死伤十分惨重。从此，花园口倒出了名。

　　相传在很多年前，黄河在这里曾经决过一次口。人们费了几年工夫才把决口堵住。堵口修堤的老百姓不少是灾民，早已无家可归，等把黄河水堵住，有的干脆不走啦。他们在这里耕种、养孩子，慢慢地人多了，就成了一个村庄，取名叫"贵家庄"。

　　又过了好些年，从荥（xíng）阳流出来的涸水在这里流入黄河。这样一来，这里南来北往的人多了，成了个热闹的地方。

　　到了明朝，贵家庄出了个大官，叫许赞，在京里当天官。许赞当了几年官，弄了不少钱，就在北靠黄河、南挨涸水的地方修了个大花园。这花园方圆五六百亩，种了许多奇花异草，几十里以外的人都来这里看热闹观花。

　　这年春天，许天官回家，叫人演了三天大戏。贵家庄像赶庙会一样，一伙伙搀老人、背小孩，来许家花园看戏、看花。人多了，做小生意、卖吃食的也多了起来。

　　许天官的花园在黄河和涧水的角角里，来的人要过涧水，水上无桥无船，蹚过来蹚过去很不方便。许天官看到这情形，就想：我要在涧水上弄个船，给来往的人摆渡，这可是个赚钱买卖哩！

　　许赞计划停当，就挖宽了涧水入黄河的河口，让黄河水倒流到涧水里。这样一

挖，涸水河面宽了，水也深了。许天官弄了个大船，找了几个船工，修了渡口，给人摆渡。

不几个月，许天官赚了不少白花花的银子。

夏季到了，黄河一涨水，哗哗地涌进了涸水。水越涨越大，黄河冲着涸水河口，向南滚了几里，稀里糊涂地把许天官的大花园也淹没了。

后来，这里真的成了南来北往的渡口。人们去这里摆渡的时候，总是说：到花园口去。这样花园口的名字就叫起来了。

李月行船

在黄河岸，流传着两句民谣："能塌黄楝（liàn）集，不塌李月坟。"其中还有一个叫人难忘的故事。

从前，河南黄河岸边有个叫李月的小伙子，小时候就跟他舅舅在黄河里玩船，人小本领大。他还生就一种怪脾气，赏他工钱他不要，抓住钱就往河里撂（liào）。啥时候想花钱，再用勺子去河里舀。

一年冬天，船到山东济南府罗口一带运东西，突然，天寒地冻，河水结冰，不能行船了。要想返回河南，就得等到下一年春天冰化。谁知没等多久，一天黄河忽然又开冻了。

这几天船工们在航运途中受了寒，不是你哼我咳，就是少气无力的。李月问大家想不想回去。众人都不约而同地回答说："当然想！"

船上共有十一二个人，一个拦头的，一个艄（shāo）公，剩下的都是水手。为了安全起见，李月把拦头的捆在桅杆上，让他拿着竹篙，紧闭双眼。李月自己拉篷掌舵，叫水手们都在船舱里歇息。

　　前半夜，风越刮越大，趴在耳朵边讲话才能听得见。李月放大嗓门儿问水大不大。拦头的睁开双眼一看说："水大！"直到后半夜，风才渐渐地小了下来，李月便给拦头的解开了绑绳。

　　接着，李月又让大家出来看看，是不是到家啦。这时正是大年初一五更天，水手们一个接一个地走出舱外，四处望望，看不清楚。天还早，他们干脆又回到舱内睡了。

　　又过了好大一会儿，不知又行了多少里，东方才泛鱼肚白。只听得黄河两岸，远方近处，又是狗叫鸡啼，又是鞭炮齐鸣，还能不断地听到小孩子的喊叫声。李月又用脆亮的嗓门儿，唤大家赶快起来，这回可真的到家了。船靠了岸，大家都纷纷下船回家去了。唯独李月一人留在了船上。

　　半晌午，李月的舅舅见大伙儿都回来了，未见李月上岸来家，心里很着急：为啥李月这孩子还未上来？就是不磕头拜年，也得吃饭呀！他舅舅和船工们便跑到船上，一看，不由大吃一惊，李

月竟倒在船篷下面。仔细一看，他的衣帽鞋袜也都是湿淋淋的。

人们心里明白了：李月是累死的……

不久，沿河两岸到处流传着："李月是神。不然，这船怎么开回来的呢！"

人们为了纪念他，在黄河岸上给他修座庙，捏个胎，面黄肌瘦的，还流着鼻涕哩！

范瑞青 李花法 讲述
胡佳作
搜集整理

八里越石坝

在原阳县越石村有个越石大坝，坝长八里。这里民间流传着一个关于大坝来历的故事。

传说有一年，有一个姓粟的举子上京赶考，路过原阳县大叫寨时生了病，便住在了这里。

村上有一个叫张八贡的，为人忠厚，好帮助别人。他听到粟举子有病，便把粟举子安置在自己家里，请医生给他治病。

几个月来，张八贡尽心给粟举子看病。两人朝夕相处，粟举子很感激张八贡的为人，两人便结为兄弟。粟举子病体痊愈，他很感谢张八贡的救命之恩。可眼看考期快到，粟举子便提出要走，只是盘缠花完，无钱进京。张八贡原准备今年也要去京应试，但考虑到粟举子才华出众，应该帮助他解决困难，便将自己早准备好的路费送给粟举子使用。自己改为下一次去考。

粟举子进京赶考，一举得中，皇上放他个河台大人，镇守刘固堤一带。粟河台每次回忆往事，总想找机会报答张八贡的恩情。

黄河沿岸有些官员办事不认真，粟河台便撤掉了他们的职务。这些官员慌了手脚，到处托人到河台那里求情。

粟河台对他们说，你就是把张八贡请来也不行。那些人心里忽然透亮了，便都去托张八贡出来讲情。

这时张八贡已经穷了。但他为人正直，不管谁去找他，他总是不使人家的钱，帮忙去找粟河台。而粟河台一定卖他这个好友的面子，一个个都让他们复了职。

后来河台见到张八贡，笑着说："大哥，前段时间情况咋样？钱够花了吧？"

张八贡说："酒是喝了，可没用人家的财帛！"

河台说："你呀，太老实了！"

一天，河台又让张八贡打坝，给他拨了许多款。坝打好，钱

没花完，留给张八贡使用。结果张八贡又打了一条八里长的大堤。完工后，张八贡去向河台交差。

河台一见到张八贡就打趣说："大哥，这回行了吧？给你那么多银子，我看吃穿一辈子也不成问题。"

张八贡却摇摇头说："岂敢岂敢，完工后算了账，我还赔四两银子呢！"

王贲决堤

中国历史上，常有人在战争中利用黄河决堤，战胜对方。最早这样做的就是王贲（bēn）。

春秋战国时候，魏惠王一心想称霸天下，想了不少富国强兵的办法。他下令挖了一条大河渠，把黄河水引出来，绕开封而过，注入淮河。这样把许多旱地变成了水浇地，庄稼增加了收成。经过几年的努力，魏惠王把开封治理得一片繁荣，老百姓丰衣足食，安居乐业。

这时西边的秦国，重用商鞅，进行变法，国势越来越强，开始向东侵犯。魏国在秦国的东面，首当其冲。两国你打来，我打去，一下子打了好几年。

后来，秦王政（就是后来的秦始皇）当政，国家更加强盛，就派重兵攻魏，魏国支持不住，边打边退。秦兵一下逼近了魏国国都开封。

秦国派去攻打开封的大将叫王贲。魏国把开封城修筑得牢牢实实，有如铜墙铁壁，尽管王贲很凶狠，但攻了很长时间，也没有把城攻开。

秦王政听说攻不下开封，很着急。他下旨限期攻下开封，到期灭不了魏国，叫王贲提头去见。

这天，王贲骑马顺开封城转了几圈，左看右看，无处下手。不一会儿，他来到了黄河边。

其时正是黄河涨水的季节，在魏惠王挖的河渠口，黄河水打着旋儿，哗哗地顺沟渠流向开封。王贲看着看着，心头一亮，有了主意。

第二天，围困开封的秦兵突然撤了。魏惠王一时弄不清是咋回事，还以为秦兵是因为围困过久、粮草不足而退却的。谁知一会儿部下来报，说王贲带兵奔向了黄河堤岸。魏惠王一听，知道大事不好，下令全城军民一齐动手，堵死城门，加高城墙，截断河渠。

王贲到了黄河边上，指挥士兵，挖开了黄河大堤。但听得轰的一声巨响，黄河水蹿出大堤，漫天遍野向开封冲去。真是水火

无情，黄河水涌着丈把高的浪头，见树拔树，遇房掀房，如同万马奔腾，霎时到了开封。

开封被水围住了。黄河水越来越高，水劲儿越来越猛，终于

漫过城防，冲垮城门，像天塌地陷一样，一下灌满了开封城。

一个好端端的开封，成了一片汪洋，水上漂满了人的尸体。秦国虽然胜利了，但无数的老百姓却遭受了一场大灾难。等黄河水退下去，开封城已成为一片黄乎乎的大泥沙地了。

许三本赌头封堤

清朝雍正的时候，有一次黄河在封丘县荆隆宫决了口。河水哗哗蹿出大堤，遍野横流，淹了村，冲了地，黄河北岸成了一片汪洋。

浑浊的河水一个劲儿向北流，雍正着了慌。他想：黄河像条不服管的蛮龙，滚南闯北，多次改道，这一回千万别淹了北京的金銮殿！连忙拨出十万两银子，派一个姓朱的和一个姓杨的大官，为河防总督，去封堤堵口。

朱、杨这两个人，平日里就是坑害百姓的贪官。皇上叫他们带那么多银子去封堤，真是发财的好买卖，二人心里美滋滋的。

二人到了封丘县，整天吃喝玩乐，从不过问封堤的事。整整三年，克扣粮饷，欺压民工，堤没封住，口没堵上，可腰里装满了白花花的银子。

封堤堵口的民工没日没夜地在水里泡了三年，不是今儿没石料啦，就是明儿没粮食啦，干干停停，停停干干，三天两头喝稀汤，十冬腊月都还穿着夹衣，冻死了不少人。他们恨透了这两个贪官，暗地里联络了灾民，成群结伙地去告状。

　　告这两个贪官的状纸和奏章越来越多，皇上就把他们召进京，问黄河封堤的事。二人长的是八哥嘴，在金銮殿上东扯葫芦西扯瓢，编了一堆封不住堤的理由，哼哼哈哈，一口气把皇上讲得颠三倒四，没啥说了。

　　皇上没法，只好问："还要多长时间可封住堤？"

　　两个贪官眼一眯，好像金銮殿上没一个人似的，大声嚷着："再拨白银八千两，一年后封堤。"

　　皇帝什么都不懂，自己没办法，只好答应他们。刚要张口，只听一声喊："万岁！不可再拨银两。"随着喊声，许三本上了金銮殿。

　　许三本是新乡县西元封村人，本来叫许作梅，在京里太仆寺做官。他官不大，爱管闲事，好打抱不平。他曾一天奏过三本，因此人们都戏称他为"许三本"。

　　许三本说："我一两银子不要。只要他们交出原来库存的银子，三个月可封堤。"

雍正一听怪便宜，倒蛮高兴。

这边两个贪官却咬牙切齿：好你个许三本，想拆我们的台呀！于是在皇上面前一跪，说："臣等封堤三年，日夜操劳，用上了吃奶的劲儿也没封住。他许三本能三个月封堤？哼，尽是欺君罔上之辞！"

许三本也跪在皇帝面前，硬邦邦地说："是谁欺君罔上，三个月后就见分晓。"

"你封不住。"

"我封住了咋办？"

"你能封住，我们叫你把头砍了。你呢？"

许三本一看这两个人不要命了，也豁出去啦，说："我封不住，叫你们把头砍成三瓣。"

雍正说："金銮殿上说话要算数。"

许三本站起来对两个贪官说："咱在金銮殿击掌打赌，不能反悔。"

他俩本想说点儿硬话，吓吓许三本。谁知许三本不吃那一套。事到如今，当着满朝文武，不能下软蛋，只好硬撑着和许三本击掌打赌，立下字据。

很快，金銮殿打赌的事传到了封丘，封堤的民工一传十，十传百，全知道了。

许三本带着一头肥猪，一只老公羊，到了荆隆宫黄河堤上。他对民工们说："先杀这对猪、羊。三个月封了堤，咱再杀朱、杨庆贺。封不了堤，你们把我的人头送给朱、杨。"

说罢，亲手砍下猪、羊的头，扑通扑通投到决口里。

民工们俩一堆、仨一伙地说："拼上命，脱层皮，说啥也不能叫许老爷输了！"

许三本封堤的办法与众不同。他指挥民工在决口处打木桩，不远一个，不远一个。又派了一些年轻力壮的人，连明达夜去山西运大铁锅。把铁锅底砸个窟窿，锅口朝下，把窟窿套在木桩上，一个一个向下放，铁锅摞出水面再填土。

不到一个月，木桩打好了，第一趟铁锅运来了，放下去，填上土，决口小了。不久，第二处决口也快封住了。

两个贪官听说许三本把猪头、羊头投到决口里，明白这是打定主意要杀他们。又听说用铁锅封堤很见效，一天一个样，堤马上就将封住了。两个人心里发了毛，想了半天，想出个孬点子，找几个水性好的心腹，半路上去打劫运铁锅的船。

两个月零二十九天的时候，堤只差尺把宽就封住了。河水在窄口里流得更急更凶。铁锅运不来，许三本急得团团转。

这时候两个贪官来到堤上，看着河水从尺把宽的口里向外涌着，心里暗喜：铁锅运不来，看你许三本咋办！

他俩对许三本说："三个月就要到了。"

许三本已经知道了运锅船被劫的事，瞧瞧这两个扬扬得意的贪官，心里越发冒火。心一横，喊了一声："来人呀！拣日不如撞日，先把朱、杨投进去吧！"

人们早恨透了这两个贪官，许三本话音没落，就拥来一批人，把他俩一拧，三扯两搜，塞进麻包，抛到还没有封住的决口里。

大家杀了贪官，感到这事非同小可！只有把决口堵了，才可将功抵罪。于是个个豁出性命，真可谓一以当十，百以当千。很快，堤全被封住了。

许三本回京交差，对雍正说，照打赌的规定，把朱、杨杀了。

雍正一听许三本来了个先斩后奏，有点儿生气，怎奈许三本真的封住了堤，且有言在先，也没啥好说的了。

后来，两个贪官的儿子跑到太行山练武，到处打家劫舍。有一年许三本回家，走到周村时，被他们杀害。许三本的后代就把许三本埋在了现在的新乡郊区周村东地。

韦刺史射退河神

　　河南滑县的东面是古代的滑台城，唐朝的滑州就设在那里。它北临古黄河，地势险峻。据说，在唐玄宗时，这里曾发生过一桩奇事。

　　一天，滑州刺史韦秀庄闲来无事，登上滑台城楼，眺望黄河，只见河水汹涌澎湃，浊浪滔天，云雾蒸腾，一泻千里，直往东去，景色煞是壮观。看着看着，他竟迷迷糊糊地倚在城堞（dié）上打起瞌睡来了。

　　睡梦中，他看见一个身材高大的人，穿着紫红色的锦袍，戴着一顶高高的红帽子，走上前来拜见他。

　　韦刺史知道他不是一般的人物，也就连忙整整衣冠，长揖作答，请教他的尊姓大名。相问之下，才知道他就是滑台城的城隍。

只见这位城隍双眉紧锁，愁容满面，神色严肃地对他说："韦大人，大难临头了，你怎么还有心思在这儿打瞌睡呢？"

"什么大难？"

"说来话长，黄河神白西向东而来，为了取道，几次发威要摧毁滑台城。我想滑台城内百姓的身家性命，岂可当儿戏！坚决不答应。所以双方约定，在五天之后，要在黄河边上决一死战。我担心自己年迈体弱，要败在他手下，因此前来求韦大人帮助。"

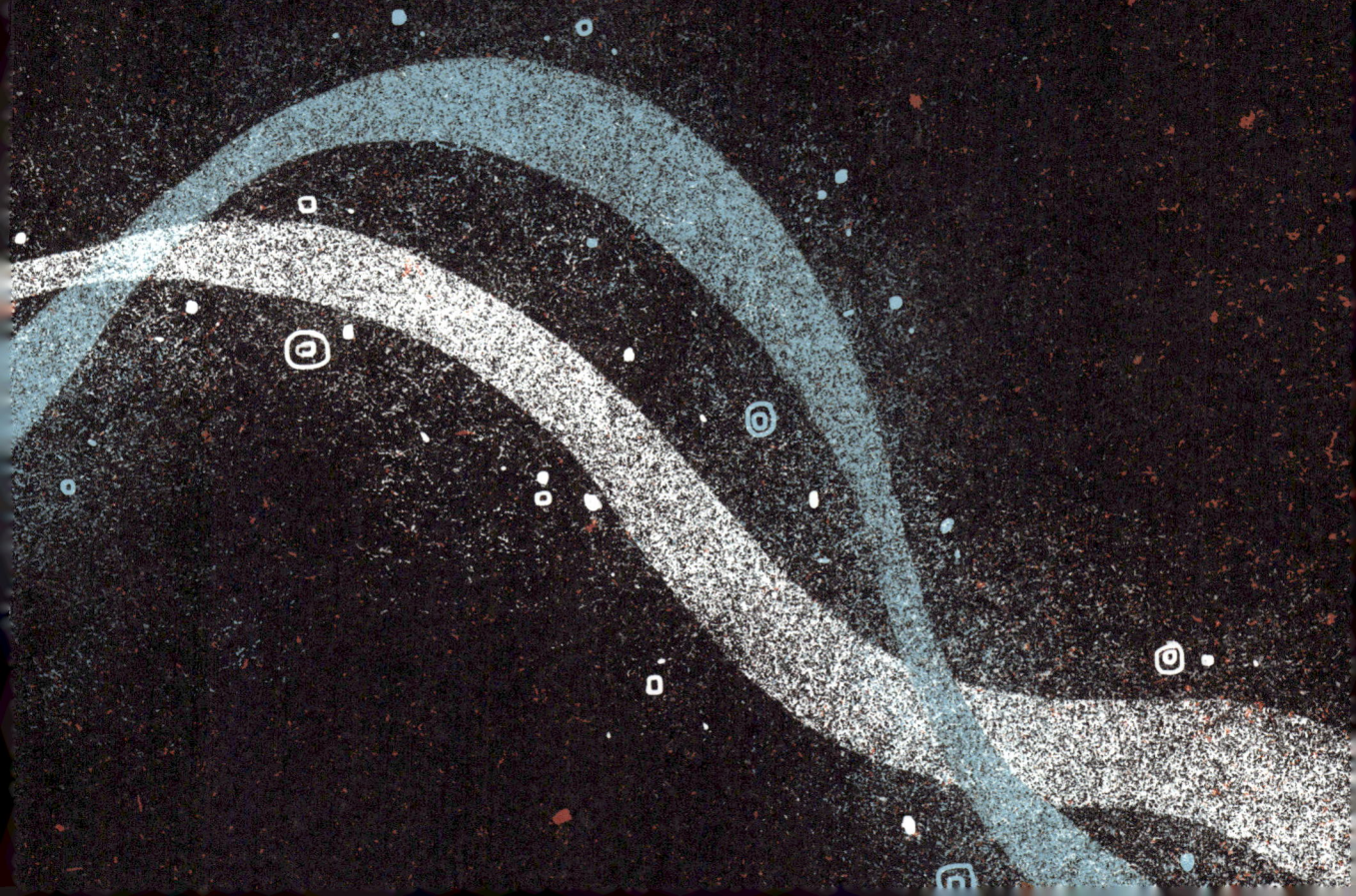

"哎，你是神，我是人，这怎么帮？"

"能帮的。到了那天，请你准备好两千名弓箭手，带上强弓利箭，对准一股白气射击就行了。"

韦刺史一觉醒来，太阳正照在头顶。

五天以后，他果然全身披挂，带两千名弓箭手，登上城楼。

午时一过，黄河两岸忽然乌云密布，天色一下暗了下来，突然从河中蹿上来一股白气，越往上蹿，越变得粗大。这时候，从滑台城里也蹿过去一股青气，两股气相互萦绕起来，就像两条大蛇搅在一起搏斗一般，一会儿青气在上，白气在下；一会儿又白气在上，青气在下。

到后来，眼见得白气渐渐占了上风，韦刺史马上命令手下搭起战鼓，弓箭手们顿时万箭齐发，嗖，嗖，嗖，直向白气射去。白气抵挡不住，连连后退，最后归于消失。那股青气也回到城楼里，不见了。

这一仗，打得黄河神元气大伤。

据说，当初黄河是紧紧靠近滑台城流过的；自此以后，黄河水越退越远，后来竟退到离城楼五六里路远的地方去了。

合堤之宴

    清朝辰光，黄河连年泛滥成灾，朝廷决定拨出款子，修理一番。

    这天，黄河河道总督庆贺大堤合龙，在总督府大厅大摆筵席，宴请从北京特地赶来的工部大员。陪宴的都是地方官员、士绅和司事职员。

    为隆重起见，河道总督特地从各地赶办山珍海味，请来名厨高手，传言凡做出好菜者，可以得到重赏。

    宴会开始，台上唱戏，台前喝酒。北方烤鸭，南方龙虎斗，四川麻婆豆腐，杭州西湖醋鱼，各种不同口味的菜，一道道往桌上端。

    大堤合龙选的吉日良辰，是第二天清晨，戏一直唱到天亮，酒宴也一直吃到天亮。百桌厅灯红酒绿，官员们醉眼蒙眬。这时，大堤尚未合龙，还得继续上菜。可是大厨房所准备的各样花色品种都用光了。厨师们急得团团转，只得四处张罗，寻找余菜。

忽然，河口送来不少吃剩的黄焦焦的锅巴。厨师们灵机一动，在锅巴上打起主意来。他们把大块锅巴在油锅里一炸，盛起放在大盘里。又用剩余的碎虾仁、火腿屑、蘑菇、番茄，一起煮成浓汁。先将油炸锅巴端上桌，然后马上将热汁往上一倒，只听得刺啦一声震耳响，顿时，桌上香雾腾腾。

那个头戴红缨帽，身穿黄马褂，北京来的工部大臣，正昏昏欲睡，耳听这突如其来的响声，吓醒过来。睁眼向桌上一看，啊？原来是热气腾腾、五颜六色的一道菜！

正好他肚皮有点儿饿，举筷一尝，松脆香酥，美味可口，回头问河道总督道："这是什么名菜？本官在京从未吃过哩！"

河道总督朝厨师看看："大人在问话，这是什么名菜？"

厨师端上菜，正提心吊胆怕总督责怪，一听问他是什么名菜，他自己也不知道，只是突如其来的响声，还留在耳边，忙随机应变地回答道："回禀大人，这叫'平地一声雷'，庆贺大堤合龙！"

这时，正好黄河岸上传来阵阵欢呼，河工前来报喜：大堤已经合龙了。

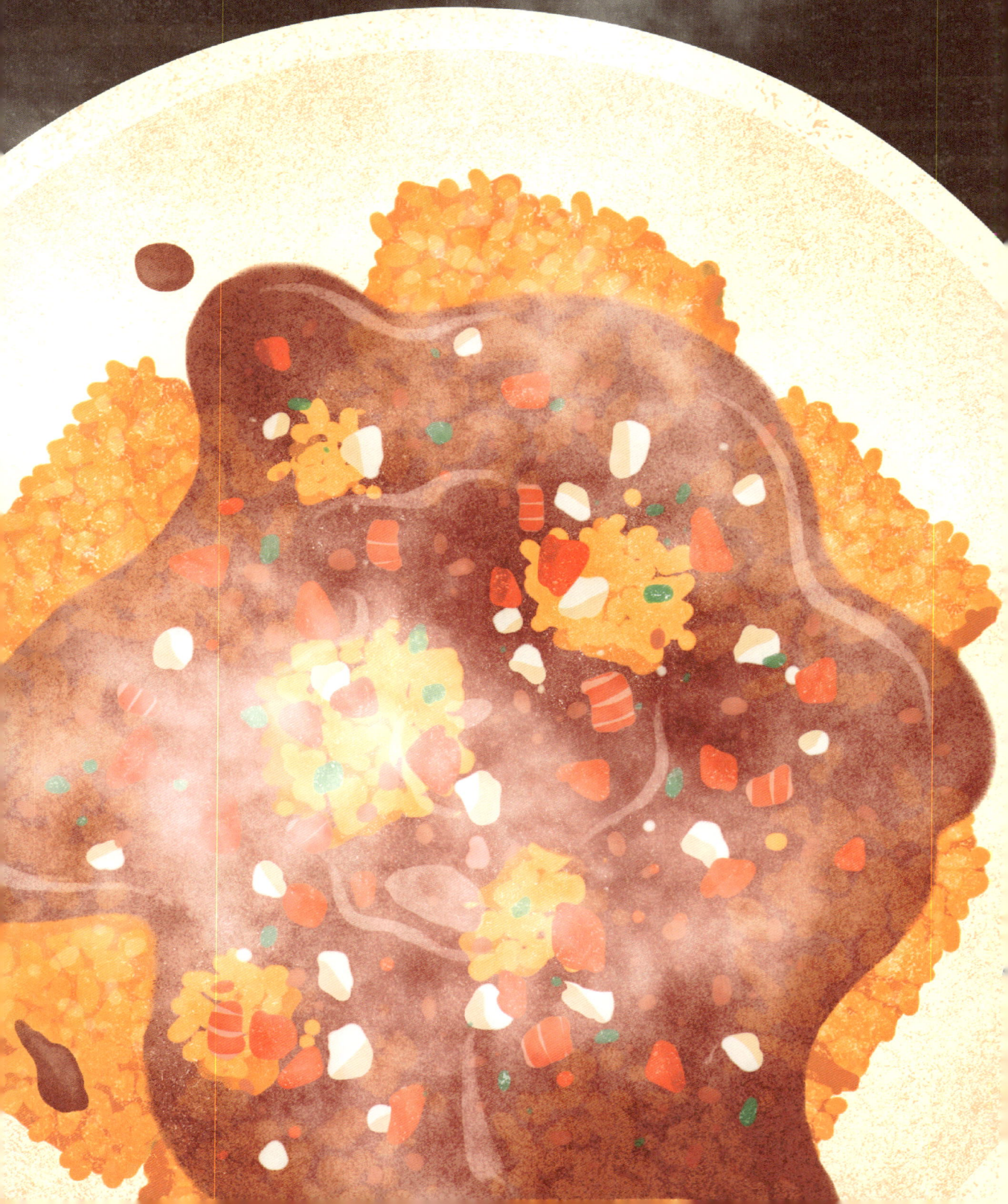

于是，大家举杯祝贺。工部大臣和河道总督大喜，连说这菜名是个好吉兆，于是给厨师们额外加赏。